KB124216

보 름 달 카 페

사쿠라다 치히로 일러스트

모치즈키 마이 글

김난주 옮김

MANGETSU COFFEE TEN
©Chihiro Sakurada, Mai Mochizuki 2020
First published in Japan in 2020 by KADOKAWA CORPORATION, Tokyo.
Korean translation copyright © 2021 by Mellon Publishing Co., Ltd.
Korean translation rights arranged with KADOKAWA CORPORATION,
Tokyo through Shinwon Agency Co., Seoul.
All rights reserved.

이 책의 한국어판 저작권은 신원에이전시를 통한 저작권자와의 독점 계약으로 (주)도서출판 멜론에 있습니다.
신저작권법에 의하여 한국어판의 저작권 보호를 받는 서적이므로 무단 전재와 복제를 금합니다.

CONTENTS

봄

제 I 장

은밀한 사랑

— 커피를 마시기에는
좀 이른 나이네, 하며 그녀는 웃었다.

봄

7

내가 '보름달 카페'라는
신비로운 카페를 처음 만난 건,
초등학교 6학년에 막 올라간
화창한 봄날이었다.

새 학년이 된 기쁨을
너무도 쉽게 깨트린 사건 때문에
강가에 쪼그리고 앉아 울고 있는데,
어느덧 해가 기울고 말았다.

이 부근은 외등 하나 없는 곳이라서,
밤이 내리면 늘,
겁이 날 정도로 캄캄해진다.

그런데도,
보얗고 밝아서,
무슨 일이지 싶어 얼굴을 들었더니,
밤하늘에 둥그런 보름달이 떠 있었다.

보름달 아래
푸드 트럭이 서 있었다.
그 앞에
'보름달 카페'라는 간판도 있었다.

테이블은
딱 두 개.

한 테이블에서
희끗희끗한 머리가 아름다운 부인이
맛나게 커피를
마시고 있었다.

그때 나는,
어두워졌으니까 빨리 집에 가야겠다는 생각보다
그 신비로운 카페의 부드러운 빛에
이끌리고 말았다.

나도 저 부인처럼 커피를 마시고 싶다.
카페에 혼자 들어가 본 적은 없지만,
푸드 트럭에서
크레페를 산 적은 있었다.
눈물을 쓱 닦고
주머니 안에서 지갑을 꺼냈다.
만 원짜리가 한 장 들어 있었다.
마음을 다지고 푸드 트럭으로 걸어가,
힘차게 말했다.
"커피 한 잔 주세요."

카운터 너머에서 커다란
삼색 고양이가 얼굴을 내밀었다.
담장에 올라갔다가
너무 뚱뚱해서 내려오지 못하고
우왕좌왕하는 동네 고양이를
간혹 도와주곤 하는데,
그 고양이와는 크기가 전혀 다르다.
우리 아빠보다 크다.
커다란 삼색 고양이가 눈을 깜박거렸다.
"어린이가 커피를?"
친절한, 남자 목소리였다.

거대한 고양이가 말을 술술 하네……
사람이 고양이 인형 옷을
입고 있는 거겠지.
그 말투에서
'커피를 마시기에는 아직
이르지 않나'하는 표정이 보여,
나는 살짝 화가 났다.
"저, 이제 열두 살이라고요.
커피쯤 마실 수 있어요."
이번 봄에 초등학교에서
최고 학년이 되었다. 그는
"그래요?"
하고 미소 짓고는
푸드 트럭 밖으로 나왔다.
거대한 삼색 고양이는
하얀 셔츠 위에 짙은 파란색
앞치마를 하고 있었다.

어서 오세요.
'보름달 카페'의 주인입니다.

'보름달 카페'는 정해진 장소에 있지 않지요.
때로는 낯익은 상점가 안에,
때로는 마지막 전철역에,
때로는 조용한 강가에.
　　　그렇게 장소를 바꿔가며
　　　불현듯 나타난답니다.

그리고 우리 가게에서는
주문을 받지 않아요.
그 대신, 제가 손님을 위해
특별히 준비한
음식과 디저트와
음료를 제공하지요.

나는 사실, 커피를 잘 못 마신다.
향은 좋아하지만, 너무 써서 맛있다는 생각이 들지 않는다.
그래서, 덩치가 크기는 해도 너무너무 귀여운 삼색 고양이 아저씨에게
'특별히 준비한 음식과 디저트'라는 말을 듣고는 가슴이 두근거렸다.

그럼, 그걸로……
나는 마지못해 따르는 척하면서 의자에 앉았다.
옆 테이블에 앉은 초로의 부인이 빙그레 미소 지으며 나를 보고 있었다.
시선이 마주치면 말을 걸 것 같아서, 나는 눈길을 피했다.
그런데도, 부인은 말을 걸었다.

"커피, 좋아해요?"
나는 대답은 않고, 고개만 가로 저었다.
저런, 하고 그녀가 이상하다는 듯이 말했다.
그런데, 왜 커피를 주문했을까?

　　나는 무릎에 올려놓은 두 손을 꼭 쥐었다.

"빨리, 어른이 되고 싶어서요."

말을 하고 나자, 눈물이 글썽거렸다.
눈물이 보였는지, 부인은 그래요, 하고서 고개만 끄덕일 뿐 다른 말은 하지 않았다.
바람이 살랑살랑, 흘렀다.
두 볼에 주르륵 흐른 눈물이, 조금 차가웠다.

　　나는 옆집 사는 한 오빠를 오래도록 좋아했다.
　　나보다 네 살 많아서 '오빠'라고 불렀지만,
　　정말 '오빠'라고 생각한 적은 한 번도 없었다.
　　아주 어렸을 때부터 무작정, 크면 오빠의 신부가 될 거라고 생각했다.
　　어른이 되면 오빠와 결혼할 수 있다고 믿었다.
　　그런 자신감은, 어디에서 왔을까?

드디어 초등학교 6학년에 올라가
오빠와 조금 가까워졌다고 생각했는데, 오빠는 고등학생이 되었다.

그리고 오늘,
오빠에게 여자 친구가 생겼다.

눈물이 똑똑 떨어진다.
하루빨리 어른이 되고 싶다고,
이렇게 간절히 바란 적도 없다.
지금 바로 열여섯 살이라면 좋겠다.
하지만, 그런 일은 이루어질 수 없으니까,
커피라도 마시면
어른이 될 수 있을까, 했다.

톡, 내가 앉은 테이블에
커피잔이 놓였다.
놀라서 고개를 들어보니,
부인이 옆에 서서
상냥하게 미소 지은 얼굴로
나를 내려다보고 있었다.

봄

"한 잔 더 마시려고 했는데, 한 모금 마셔 볼래요?"
아직 입을 대지 않았으니까. 괜찮아요, 하는 말도 덧붙였다.
까만 커피에 보름달 빛이 반사되어
마치 자잘한 별을 뿌려놓은 것처럼 반짝거렸다.
짙은 커피 향이 몸이 파르르 떨릴 만큼 향기롭다.

감사합니다, 하고 내가 인사하자, 그녀는
"옆에 앉아도 될까?"
하면서 의자를 가리켰다.
나는 어색하게 머리를 꾸벅 숙이고,
커피를 한 모금 마셨다.

쿨럭.
역시 쓰다.
맛있다는 느낌이 조금도 들지 않는다.
인상을 찌푸리는 나를 보며,
그녀가 후훗 웃고는 옆 의자에 앉았다.

그때,
기다리게 해서 죄송합니다. 하면서 쟁반을 든
고양이 아저씨가 다가왔다.

"'보름달 버터 핫케이크'입니다.
별 시럽을 끼얹어 함께 드세요."

고양이 아저씨가 푸근한 표정으로 말했다.
하얀 접시에 동그란 핫케이크가 몇 장 쌓여 있고,
그 위에 동글동글한 버터가 얹혀 있었다.

그리고,
이 '은하수 밀크티'도 함께.

고양이 아저씨가 홍차 잔을 테이블에
내려놓고 신기한 밀크를 쪼르륵 따랐다.

달콤한 향이 풍겨 입가에 미소가 맺혔다.

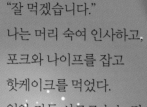

"잘 먹겠습니다."
나는 머리 숙여 인사하고,
포크와 나이프를 잡고
핫케이크를 먹었다.
입안 가득 사르르 녹는 단 맛이 마음마저 녹인다.
너무 맛있었다.
너무 맛있어서, 눈물이 흐를 것만 같은 경험은 처음이었다.
핫케이크가 이렇게 맛있을 수 있다니, 하고 감동하면서
쓸쓸함도 느낀다.
핫케이크가 맛있다고 이렇게 좋아하는 걸 보면,
아직 어린아이네.

또 기분이 암울해졌을 때,
이것도 한 번 맛보시죠, 하는 목소리와 함께
유리컵에 담긴 아이스크림이 테이블에 놓였다.

언뜻 보기에는 회색인데,
하늘색 빛이 감돈다.

이건 '수성 아이스크림'이랍니다.
그 맛은, 먹는 사람에 따라 달라지지요,
하고서 고양이 아저씨가 미소 지었다.

어리벙벙해 하는 내게 고양이 아저씨가 별 이야기를 해 주었다.
행성 에너지는 사람의 인생에 큰 영향을 미치지요.

달은, 태어날 때부터 일곱 살까지.
이 시기에 정서가 자란단다.
그다음, 여덟 살부터 열다섯 살까지는
수성의 에너지와 관련이 크단다.

사람은 '무언가를 알고 싶어 하는' 탐구심과
'배우고 싶어 하는' 향학심이 있고,
다른 사람과 이어지기 위한 소통 능력,
자기 뜻을 전하기 위한 언어 능력이 필요한데,
수성은 이런 것들을 관장하는 별이란다.
여덟 살부터 열다섯 살에 해당되는 수성기는
지성이 발달하고, 다양한 것에 관심을 가지며,
정보를 수집하고 전달하는 방법을 배우는 중요한 시기라고 한다.

그러니, 빨리 어른이 되려고 하기보다,
아무쪼록 지금 이 시기를 중요하게 여기고,
자기 능력을 키우는 게 좋겠지요.
지금을 열심히 살면
좋은 미래가 찾아온답니다.

그렇게 깨우치듯 자상하게 얘기해 주는 고양이 아저씨를 보면서
눈시울이 뜨거워졌다.

네, 하면서 고개를 끄덕이고,
나는 '수성 아이스크림'을 한 스푼 떴다.

입에 넣는 순간,
머리가 개운해질 만큼 상큼한 맛이 느껴졌다.
달기만 한 게 아니다.
바닐라 셔벗에
레몬 맛이 아련하게 감돈다.
달콤함도, 아련한 새콤함도,
오렌지 필을 먹었을 때 같은
쌉싸래함도 있다.
그런 맛들이 손을 맞잡듯 사이좋게 어우러지고
녹아들어서, 내 안에 스민다.

컵을 비우고 얼굴을 들었을 때,
부인은 돌아갈 준비를 하고 있었다.
"지금을 열심히 살면서, 자기 마음을
소중하게 여기도록 해요."
그녀는 미소 지으며 그런 말을 남기고,
강의 저 위쪽으로 사라졌다.

나도 이제 가봐야겠네……
이렇게 많이 먹었는데,
돈이 될까?
고양이 아저씨에게 물어보려고 일어났다.
그런데, '보름달 카페'논
어디에도 흔적조차 없었다.
하늘에 보름달이 둥실 떠 있을 뿐이었다.

어리둥절해서 멀뚱하게 서 있는데,
뒤에서 나를 부르는 소리가 들렸다.

돌아보니, 오빠가 땀을 뻘뻘 흘리며 내게로 뛰어오고 있었다.
나를 보자, 정말 안도했다는 듯이 가슴에 손을 대고 숨을 헉헉거렸다.

"와, 다행이다. 이런 곳에 있는 줄은 모르고. 아저씨와 아주머니가 걱정하고 계셔. 가자."
오빠는 그렇게 말하면서 내게 손을 내밀었다.
나는 눈물을 머금고, 응, 하고 고개를 끄덕인 다음 그 큰 손을 잡았다.
오빠와 손을 잡고, 부지런히 집으로 돌아가면서 부인이 한 말을 떠올렸다.

— 자기 마음을 소중하게 여기도록 해요.

자기 마음을 소중하게 여긴다는 게
어떤 것인지 잘 모른다.
오빠에게 여자 친구가 생겨서
충격이 컸다.
그래도 이렇게 걱정하며 찾아 준 건 기쁘다.
동시에,
여동생으로만 여기는 오빠 마음이 전해져서,
괴롭다.

하지만, 하면서 나는 오빠 손을
잡은 내 손에 힘을 준다.

27

절대 곤란하게 만들거나 방해하지 않을게.
그러니까, 오빠.
조금만 더 오빠를 좋아해도 될까?
마음속으로 소리 없이 묻고는, 눈을 감는다.

둥그런 보름달이
살포시 웃음 짓듯 우리를 내려다보고 있었다.

여름

제 2 장

꺾인 마음

— 별처럼 반짝이는 존재가 되고 싶어.

그런 생각을, 중학생 때 했으려나?

애당초 조숙한 아이였던 나는,

같은 학년의 다른 아이들보다 어른스럽고, 눈에 띄는 존재였다.

고등학교 1학년 여름,

아이돌을 뽑는 오디션 프로그램의 광고를 우연히 보고,

무턱대고 응모했다.

1차 서류 심사, 2차 면접,

3차 실기 테스트를 거쳐, 나는 합격자 중 한 명으로

화려한 세계에 오르는 계단을 밟아,

'아이돌'이라 불리는 존재가 되었다.

그로부터, 10년.

어른들은 흔히 '스무 살만 넘으면 순식간'이라는 말을 하는데,

내 경우, 데뷔한 후 10년이

정말 순식간이었다.

처음 1년은 레슨을 따라가기 바빴고,

2년째에는 스케줄을 소화하느라 벅찼고,

3년째에는 익숙해졌지만

대학 입시라는 현실이 기다리고 있었다.

나는 아이돌로 활동하면서

학업까지 병행할 수 있을 만큼 우수하지 않았다.

그래서 대학 진학을 포기하고, 연예계에서 살아남는 길을 선택했다.

그런데…….

새로운 아이돌 그룹이 잇달아 세상에 선보이면서
내가 속한 그룹의 그림자는
점차 흐릿해졌다.
나는 살아남기 위해 온 힘을 다했다.
멤버들이 계속 교체되는 가운데,
돌아보니, 벌써 스물여섯 살이었다.
'아이돌'로 활동하기에는
너무 많은 나이.
그래도 멤버들 가운데에서 아주 인기가 많거나
중심적 존재라면 얘기는 다르다.
하지만, 나는 그저 멤버의 한 명일뿐.
스물여섯 살 나이에도
남아 있을 수 있는 실력도 개성도 없었다.

그러니까, '졸업'이라는 이름으로 해고통지를 받은 것은
어쩔 수 없는 일이다.

지친 마음을 안고서
오랜만에 고향에 내려왔다.
집에 돌아가 위로받고 싶었다.
그런데, 집 앞까지 와서도
안으로 들어가지 못하고,
동네 공원의 그네에 앉아 있다.

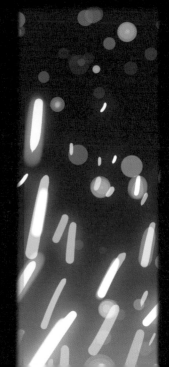

계절은 완연한 여름.
오늘은 시원한 바람이 불지만,
지금도 한낮의 열기가 남아 있다.
검푸른 하늘에서, 달이 빛나고 있다.
"달이 예쁘네……."

나는 흔들흔들 그네를 타면서, 나지막이 중얼거린다.
어렸을 때 자주 놀러 왔던
이 너른 공원에, 지금은 아무도 없다.
끼익, 끼익, 나를 태운 그네 소리만
정적 속에 울린다.

꿈을 향해 달렸다.

그러나, 영원히 아이돌로 살 수는 없다.

그런데도 한눈 한 번 팔지 않고 지금까지 왔다.

나의 절반은 자신감과 꿈으로 이루어졌다.

지금의 나는 그 한쪽 날개를 잃은 새.

눈물이 흐를 것 같은데, 꾹 참고 밤하늘을 올려다본다.

하늘에 뜬 달은, 반달이었다.

"꼭 나 같네."

전에는 보름달처럼 빛났는데,

지금은 절반이 되고 말았다.

달은 때가 되면 차올라 몇 번이든 둥그런 원이 되지만,

나는 이대로 사라져 없어질 것만 같다.

하하, 하고 자조적으로 웃었을 때,
눈가에 보얀 빛이 비쳤다.
얼굴을 들어 보니, 언제 왔는지
푸드 트럭이 서 있었다.
그 앞에 '보름달 카페'라는 간판도 있다.

따뜻하고 부드러운 빛에 감싸인
'보름달 카페'.
처음 보는 걸 텐데,
왠지 낯익다.
마치 언젠가 꿈속에서 본 듯한
신기한 기시감이었다.

나는 천천히 일어나
'보름달 카페'로 걸어갔다.
주변 풍경은 꿈속으로
발을 들여놓은 것처럼 부연데,
밤하늘에 돋은 별은
영롱하게 반짝거렸다.

아아, 내가 꿈을 꾸고 있나?

카운터 앞에 서자,
"어서 오세요."
하면서 커다란 고양이가 얼굴을 내밀었다.

나보다 키가 큰 고양이는
앞치마를 하고 있었다.
고양이 아저씨다.
역시 꿈이네, 하고 확신하는
내 입가에 미소가 어린다.
"커피 한 잔 주실래요?"
그렇게 말하자,
고양이 아저씨가 미안하다는 표정으로
이렇게 말했다.

우리 카페에서는 주문을 받지 않아요.

그 대신,

제가 손님을 위해 특별히 준비한

음식과 디저트,

그리고 음료를 제공하지요.

왠지 가슴이 두근두근

설레는 기분이다.

나를 위해 디저트를 생각하고,

준비해 준다니,

이렇게 고마운 일도 없다.

"그럼, 부탁드릴게요."

나는 그렇게 말하고

카운터 앞에 놓인 테이블 의자에 앉았다.

돌이켜 보면, 지난 10년 동안,

마음 편히 카페에 들어간 일도 거의 없었다.

정신없이 바빴고, 조금이라도 틈이 나면 잠을 잤다.

지금의 나는 어디를 가든,

주위가 소란스러워지는 일은 없을 것이다.

후, 길게 숨을 내쉬고 밤하늘을 올려다본다.
마치 플라네타리움처럼,
온 하늘에 별이 반짝거린다.
저 별빛은 몇 억 년 전에
어느 별을 떠나 지금 도착한 빛.
어쩌면 지금 그 별은 없을지도 모른다.
그렇게 생각하면 애처로운 기분이 든다.

"오래 기다리셨죠."
고양이 아저씨의 목소리에
정신을 차렸다.
테이블에,
밤처럼 까만 접시가 놓였다.
반으로 가른 와플에
노란색이 감도는
바닐라 아이스크림을 곁들이고
그 위에 초콜릿 소스와
슈거 파우더를 뿌렸다.

"'반달 와플'입니다.
꿀과 버터, 달빛을 듬뿍 담은 반죽으로 빚어 구웠지요.
보름달 아이스크림과 함께 드세요."
고양이 아저씨가 나를 내려다보며 싱긋 웃었다.

왜 내게 이런 메뉴를?
내가 반달 같아서인가요?
나도 모르게 감정적으로 묻고 말았다.
흠, 글쎄요, 하면서 고양이 아저씨가
부드러운 미소를 머금었다.

'태양기'에 들어갔으니,
그대는 앞날이 창창하다는 뜻으로, 반달입니다.
그리고 이렇게 설명해 주었다.
마음과 정서를 키우는 '달'의 시기와 다양한 배움을 흡수하는
'수성기'를 거치면, 열여섯 살부터 스물다섯 살까지는
인생을 풍요롭게 하는 사랑을 하고 취미를 익히는 '금성기'.
'금성기'가 지나 스물여섯 살이 되면
사람은 그제야 자기 두 발로 서서
자신의 인생을 걷기 시작하는 '태양기'에 들어간다고.

그런데 말이죠, 하고 고양이 아저씨가 말을 이었다.

그대는 '수성기'와 '금성기'에 필요한 배움을 다 익히지 못했어요.
그런 경우에는 바로 '태양기'에 들어갈 수 없답니다. 보충을 해야 하니까요.

고양이 아저씨의 말에 나는 피식 웃었다.
옳은 말이다.
아이돌이 되고 싶었던 중학생 때부터
학업은 뒷전이었고, 데뷔한 후로는
공부도 연애도 취미도 다 제쳐놓고 일에만 전념했다.

다만, 하고 고양이 아저씨가 얘기한다.
'그대가 지금까지 해 온 활동이 물거품이 되는 건 아니에요.
여느 사람들과는 다른 길에서 어른처럼 일해 왔으니,
　　　　그 경험은 앞으로의 인생에 큰 재산이 되겠지요.
　　　　자 이제, 드시죠, 하고 고양이 아저씨가 접시로 시선을 떨궜다.

태양기
26살~

　　　　나는 고개를 끄덕이면서, 포크와 나이프를 들었다.

금성
16살~25살

수성
8살~15살

달
~7살

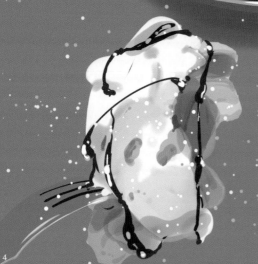

와플은 바삭했다.
그 위에 아이스크림을 올리고,
초콜릿 소스와 함께 입안에 넣자,
온몸에서 힘이 좍 빠지는 느낌이 들었다.

-맛있네.
몸에 녹아드는 것처럼 맛있다.
마치,
'지금까지 정말 수고 많았어.'하는 말과 함께
큰 선물을 받은 기분이었다.

왜 그렇게 초조해했을까.
지금까지 열심히 일했으니까
잠시 쉬어도 되는데.
그리고, 그룹을 탈퇴한 지금은
연애도 할 수 있다.

'연애'라는 말을 생각했을 때,
한 얼굴이 떠올랐다.
10년 전,
나는 '별처럼 빛나는 존재'가 되고 싶어
오디션을 받았다.
빛나는 존재가 되어,
시선을 끌고 싶었다.
모든 사람의 시선을 끌고 싶었던 게 아니다.

오직 한 사람, 내가 좋아하는 사람이
날 돌아봐 주기를 바랐다.

새삼스럽게 내 마음을 깨닫자, 코끝이 찡해졌다.
스타가 되고 싶었던 게 아니다,
그가 봐주기를 바랐을 뿐이었다.
참 먼 길을 돌아왔다.
나 스스로도 어이가 없어, 그저 웃는다.

지금까지, 모든 것을 뒤로하고 달려왔다.
늦었지만, 대학이나 전문학교에 다니는 것도 좋겠다.
모자란 것을 빠짐없이 보충하자.
그렇게 해서, 조금이라도
새로운 내게 자신감이 붙으면,
그에게 연락해 보자.
깨끗이 물러나게 되더라도 좋으니까,
이번에야말로, 사랑에 집중하자.

여름

절반으로 가른 '반달 와플'.
반달은, 사라졌다가도
다시 보름달이 된다.

나는 밝은 기분으로
'반달 와플' 접시를 깨끗하게 비웠다.
고양이 아저씨에게 고맙다고
인사하고, 가벼운 발걸음으로
'보름달 카페'를 떠났다.

가을

제 3 장

보이지 않는 미래

— 모든 것은 그대 손에 달렸지요.
하면서 신기한 고양이 아저씨는 웃었다.

선술집에서 동료들과
술을 마시고 돌아갈 때,
얼굴을 잘 아는 종업원에게,
오늘 저녁 모임이,
나의 송별회였다고 말하자,
"가을에 송별회라니,
계절에 좀 안 맞는 것 같은데요."
하며 웃었다.

아닌 게 아니라 송별회 하면 봄이 떠오른다.
왜 신학기가 3월에 시작되는지,
이상하게 여긴 적이 있는데,
지금은 이해가 간다.

봄은 모든 것에 새싹이 움트고
생명의 에너지가 넘치는 계절이다.
만약 봄이라면, 지난 14년 동안 입었던
양복을 벗고,
넥타이를 풀고,
허탈한 마음과
새로운 만남에 대한 불안을 안고
고향으로 돌아가야 하는 내 등을
신록을 품은 바람이 떠밀어 주리라.
하지만, 지금은 가을.

울긋불긋 물든 이파리들은 아름답다.
그러나, 지금의 내 눈에는
겨울 찬바람을 앞둔 등불처럼 보였다.

선술집 앞에서 동료들과 헤어졌다.
거의 매주 드나들었던 선술집도,
이제 다시는 오는 일이 없으리라.
나는 이곳을 떠나 고향으로 돌아간다.
그런 생각을 하자, 한 잔 더 하고 싶은
기분이 들었다.

마지막 밤이다.
역으로 걸어가면서,
부담 없이 들어가
한잔 할 수 있는 가게가 없을까, 하고
주변을 두리번거렸다.
늦은 밤이라 문을 닫은 가게가 많았다.

좀 아쉽군, 하고 중얼거리며
지하로 내려가려는 때,
저 멀리 보안 불빛이 보였다.

역 앞 광장에 푸드 트럭이 서 있었다.
'보름달 카페'라는 간판도 보였다.
술도 깰 겸 커피를 마시는 것도 괜찮겠다.
그렇게 생각하고, '보름달 카페'로 걸어갔다.

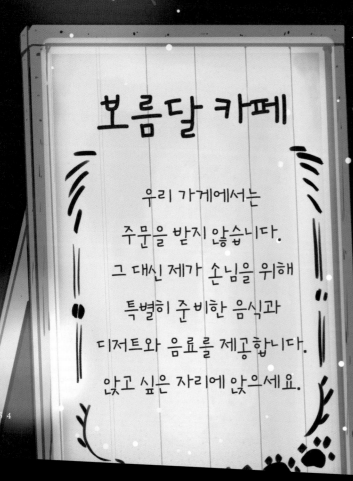

보름달 카페

우리 가게에서는

주문을 받지 않습니다.

그 대신 제가 손님을 위해

특별히 준비한 음식과

디저트와 음료를 제공합니다.

앉고 싶은 자리에 앉으세요.

나는 간판에 쓰인 글을 확인하고
카페 앞에 놓인 의자에 앉았다.
마지막 전철도 떠나버렸는지
역 앞에는 인기척 하나 없었다.
턱을 괴고, 밤하늘을 올려다본다.
마치 날카로운 날붙이처럼
또렷한 초승달이 떠 있었다.

— 드시죠.
부드러운 남자 목소리에 나는 퍼뜩 정신을 차렸다.
테이블에,
맥주잔이 놓여 있었다.

가을

고개를 들고서, 깜짝 놀랐다.

거대한 고양이가 나를 내려다보고 있었다.

또 한 번 움찔 놀랐다가,
고양이 인형 옷을 입고 있는 거겠지, 했다.
요즘 세상은, 무슨 일을 하든
다양하게 연구하지 않으면 살아남기 어렵다.
씁쓸하게 웃으면서 맥주로 시선을 돌렸다.

언뜻 보고는 흑맥주인가 했는데,
자세히 보니 달랐다.
검푸른색, 파란색, 하늘색, 주황색이
그러데이션을 이루고,
한가운데에는 은하수를 품은
별들이 총총 박혀 있다.

어떻게 이럴 수 있지, 하고 감탄하면서
잔을 들여다보았다.
"하늘색 맥주 '별 하늘'입니다"
하고 고양이 아저씨가 말했다.
참 아름답군요, 하고서
다시 한번 맥주잔을 보았다.
과거에 딱 한 번,
이렇게 별이 총총 아름답게 돋은
하늘을 본 적이 있다.
그게 언제였을까?

잘 마시겠습니다, 하고 맥주를 한 모금 머금었다.
아아, 하는 소리가 입에서 절로 나왔다.
몸과 마음에 싸하게 퍼지는 맛.

우리 가게에서도 맥주를 팔면 좋겠는데,
하고 혼잣말처럼 중얼거리자,
고양이 아저씨가 눈을 초승달 모양으로 뜨고 물었다.
음식점을 하시나요?

제가 아니라 부모님이……, 하고 대답했다.
부모님은 고향에서 조그만 음식점을 하고 있다.

주메뉴는,
나폴리탄 파스타와 하이라이스.
어렸을 때부터 가게 일을 도우면서
어른이 되면 가게를 물려받겠다고 생각했다.

그런데 성장하면서 그런 마음이 사라졌다.
건축 디자인에 관심이 있어, 공부를 하고,
대형 건축회사에도 무사히 취직했다.

하지만, 그곳은 내가 꿈꾸던 세계가 아니었다.

내 아이디어를 살릴 수 있는 기회는 없었고,
그저 주어진 일만 두말 않고 해야 했다.
그래도 아무튼 열심히 일했는데,

몸이
마치 출근을 거부하는 것처럼
무거워지는 날이 잦았다.
그러던 중, 회사 경영이 어려워져
조기 퇴직 신청을 받게 되었다.
— 자네 부모님은 장사를 하시지?
고향으로 내려가서 부모님 일을
물려받는 게 어떻겠나?

듣기에 따라서는, 배려가 넘치는 해고 통보였다.

무슨 일이 있으신가요? 하고 고양이 아저씨가 물었다.

나는 자조적으로 웃으면서, '하늘색 맥주' 속 밤하늘을 쳐다보았다.

그러다, 떠올랐다.
이렇게 아름다운 밤하늘을 본 것은, 고등학교 때였다.
네 살 아래, 한 여자아이가 있었다.
그녀는 나를 '오빠'라고 부르면서 여동생처럼 따랐다.
나도 그녀를 여동생처럼 생각했다.

그녀가 초등학생 때였다.
밤이 깊었는데도 집에 돌아오지 않았다는 얘기를 듣고,
그녀가 잘 가는 공원, 상점가의 과자 가게,
친하게 지내는 친구 집.
사방을 찾아다니다가 불현듯 발길을 돌렸던 강가에서
그녀 모습을 찾았을 때,
정말 안도했던 기억이 있다.
그녀의 손을 잡고, 집으로 돌아갔다.
그때, 둘이 올려다보았던 밤하늘이 이렇게 아름다웠다.

언젠가부터 그녀는, 그때 보았던 밤하늘처럼 아름다워졌다.

그녀가 아이돌이 되고 싶다고 했을 때,

나는 허튼 꿈이라고 생각하면서도,

반드시 될 수 있을 거야, 하고 말했다.

그런데 그녀는 오디션을 받았고,

정말 아이돌이 되었다.

텔레비전에서 그녀를 봤을 때,

그 복잡했던 내 심정이

지금도 가슴에 남아 있다.

어렸을 때부터 줄곧 보아왔던 아이가,

자기 꿈을 이루었다.

그래서 기쁜 마음과,

언제 저렇게 예뻐졌지, 하는 당황스러움과,

너무도 평범한 나 자신이

한심스러웠던 기분…….

그렇다.

성공한 그녀 모습을 봤기 때문에,

부모님이 하는 가게를 물려받는다는

꿈을 버리고 큰 회사에 취직하려고 했다.

……그런데, 결국은 내 적성에 맞지 않았던 거겠죠.

나는 턱을 괸 채 한숨을 쉬었다.

사실은 알고 있었다.

나는 취향이 확실하고, 남들과는 조금 다른 부분에 집착한다.

나만의 세계에 몰두하는 스타일이다.

다른 사람 밑에서 일하는 것은 성격에 맞지 않는다.

요리하는 걸 좋아하고, 사람들과 얘기하는 것도 좋아하니까,

부모님 가게를 물려받는 게 가장 좋을 것이다.

어렸을 때부터 그렇게 생각했다.

"……하지만, 지금도 건축 디자인은 좋아하시죠?"

고양이 아저씨가 물어서, 나는, 네, 하며 고개를 끄덕였다.

건축 디자인 자체는 지금도 좋아한다.

가능하면, 그 일을 계속하고 싶은 마음도 있다.

계속할 수 없나요?

고양이 아저씨가 다시 물어서,

나는 고개를 떨궜다.

내 성격에 맞춰 그 일을 하려면,

개인 사무소를 여는 길밖에 없다.

그러나 지금은 대기업조차 감원을 하는 시대다.

쉽지 않다는 게 뻔히 보였다.

그래서 하고 싶은 일을 포기하고,

할 수 있는 일을 꾸준히 하자고 마음먹었다.

지금도 그 다짐이 잘못되었다고는 생각지 않는다……

"왜 그러세요?"
고양이 아저씨가 물었다.
나는 먼 곳을 바라보듯, 눈을 찡그렸다.

3년쯤 되었을까.
어린 시절에 여동생처럼 나를 따랐던 그녀가,
지금의 나 같은 처지에 놓였다.
10년 동안 활동했던 그룹에서 탈퇴한 것이다.
'졸업'이라는 명분이었지만,
누가 보나 밀려난 것이었다.
모두가 동정과 호기심의 눈으로 그녀를 쳐다보았다.
그런 와중에 그녀는,
'미용 공부를 해서 자격증을 따고 싶다.'하며
미용학교에 들어갔다.
그리고 학교를 졸업한 다음,
지금은 미용사로 활동하고 있다.

나는 그런 그녀가 자랑스러웠다.
힘든 가운데에서도 자기 길을 찾아낸 그녀에게
나는 강렬한 동경을 품었다.
아니, 아니다.
사랑을 했다.
내가 그녀에게 어울리지 않는다는 건, 충분히 알고 있었다.
지금의 나는 팬의 한 명에 지나지 않으리라고.

그런데, 그런데.
바로 며칠 전, 그녀에게서 연락이 왔다.
너무 놀랐다.
이제야 내 손으로 커트를 할 수 있게 되었다고,
와 줬으면 좋겠다고.

지금도 그녀가 나를 따르고 있다는 게 느껴져,
기쁜 마음에, 물론, 이라고 대답했다.
다시 만난 그녀는, 예전보다 한결 빛나 보였다.

그녀가 내 머리를
잘라 주었다.
미용실을 나서는데,
그녀가 내게
어떤 말을 전했다.

"그 말이……?"
고양이 아저씨가 묻는데,
나는 아무 대답도 하지 못했다.
그 말은 너무도 반가웠지만,
아무것도 가진 게 없는 나로서는,
자신을 돌아보고 실망케 한 한마디였다.

"이것도 맛보시죠."
고양이 아저씨가 테이블에 접시를 내려놓았다.
접시에 크루아상이 담겨 있었다.

'초승달 크루아상'입니다.

버터와 달빛을 듬뿍 넣은 반죽으로 구웠지요.
북극성 쿠키도 함께, 하면서 고양이 아저씨가 미소 지었다.

크루아상은 고양이 아저씨 말대로 초승달 같은 활 모양이었다.
그 옆에 별 모양 쿠키가 있었다.
내가 잘 먹겠다고 하고서 먹으려 할 때,
그런데, 하며 고양이 아저씨가 물었다.

"이걸 식사라고 생각하는지요?
아니면 디저트라고 생각하는지요?"

빵이니까 식사겠죠, 하면서 웃자,
고양이 아저씨는 크루아상 옆에 적갈색 아이스크림을 곁들이고,
그 위에 슈거 파우더를 뿌린 다음 초콜릿 소스를 떨어뜨렸다.

"그렇다면, 이것은요?"
나는, 디저트네요, 하고 웃으면서 대답했다.
그렇지요, 하면서 고양이 아저씨도 미소 지었다.

69

크루아상에 스크램블드에그를 곁들이면 아침 식사가 되지요.
크루아상을 절반으로 갈라서 햄을 끼우면 샌드위치가 되고,
또 이렇게 디저트가 되기도 합니다.
모든 것은, 그대에게 달렸어요.
앞으로의 삶, 크루아상처럼 살 수 있다면 좋겠지요.

처음에는 고양이 아저씨가 무슨 말을 하는지 몰라
인상을 찡그렸다가, 이내 깨달았다.
부모님의 음식점에서 밤에 술을 팔면, 바가 될 수 있다.
마찬가지로 음식점을 하면서
그곳을 나의 건축사무소로 활용할 수도 있다.
커피를 내리고, 나폴리탄 파스타를 만들면서 이상적인 주거를 고민한다.
내가 원하는 디자인을 창조할 수도 있다.
그런 가능성이 그려져,
가슴이 쿵쿵 뛰는 것을 느꼈다.

이건 '행성 아이스크림 '화성"입니다.
서른여섯에서 마흔다섯까지는 화성의 시기.
지금까지 쌓은 배움을 바탕으로 불길처럼 돌진하는 시기이지요.
부디, 새로운 인생을 즐길 수 있기를 바랍니다.

감사합니다, 하고서,
나는 나이프와 포크를 손에 쥐고, 크루아상을 정성스럽게 잘라 한 조각 입에 넣었다.
바삭한 식감에 고소한 향, 그리고 짙은 버터의 풍미가 입안에 퍼진다.
화성 아이스크림은 바닐라 맛 비슷한데 쓴맛도 느껴지고,
향신료를 살짝 섞었는지,
차가운데도 입안이 따끈해졌다.
마치, 등짝을 찰싹 때려 준 듯한 기분이 들었다.
그리고 불쑥, 그때 그녀가 한 말이 떠올랐다.

"나, 오래전부터 계속 오빠를 좋아했어요.
그리고, 앞으로도 좋아해도 될까요?"

놀라서 아무 대꾸도 못 하는 내게,
이제야 자신감이 생겨서 이 말을 할 수 있었다, 하면서
그녀는 눈물 어린 미소를 보이고 가게 안으로 돌아갔다.
그 고백에 나는 무척 기뻤지만, 낙담하기도 했다.

"나도 한 번 열심히 해 보자."

내가 그녀에게 어울리는 사람이라는 생각은 아마 평생 하지 못하리라.
그래도 나 스스로에게 자신감이 붙으면,
이번에는 꽃다발을 들고 그녀를 찾아가고 싶다.
그리고 그녀가 허락해 준다면, 프러포즈를 하고 싶다.

그렇게 결심한 나를 흐뭇하게 내려다보듯,
밤하늘에서 초승달이 부드러운 빛을 뿌리고 있었다.

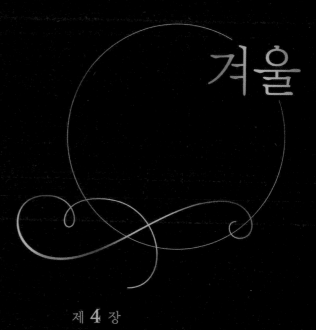

겨울

제 **4** 장

만남

— 그것은 기적에 가까운 재회였다.

해 질 녘 늘 다니는 강가를 산책한다.

연어의 속살 같은 주홍색 하늘이,

올려다볼 때마다 아름다운 파란색으로 변하고 있다.

이 시간쯤이면,

동쪽 하늘에 달이 뜰 텐데, 오늘은 보이지 않는다.

달이 뜨지 않는 밤이기 때문이다.

그러나, 신기하게도

달빛이 비치고 있다는 건 알 수 있다.

달은, 저 언저리에 숨어 있겠지.

나는 보이지 않는 달을 올려다보았다가

시선을 떨어뜨렸다.

거기에 푸드 트럭이 서 있었다.
이제 문을 열려는 듯하다.
커다란 고양이가 트럭에서
'보름달 카페'라고 쓰인 간판을 꺼내 놓았다.
나는 후훗, 웃으면서 가게로 향했다.

안녕하세요, 아저씨.
저에게 '특별한 것'을 주문해도 될까요?

그렇게 묻자, 고양이 아저씨가 돌아보며 반가운 듯 고개를 끄덕였다.
막 꺼내놓은 테이블 의자에 앉아, 나는 또 하늘을 올려다보았다.
조금 전까지 밝았던 하늘이 금방 어두워졌다.

언젠가 누가 인생을 별에 비유해서 얘기해 준 적이 있었다.
그 얘기가 실은 지금도 잘 와 닿지 않는다.
하지만, 하늘을 보면서 생각한다.
인생은 하늘에 뜬 태양의 빛 같은 것이라고.
어둠에서 무구한 아침 해가 떠올라 한낮이 되면 타오를 듯 빛나다가,
점차 부드러운 빛으로 변해서,
이렇게 하늘을 아름답게 수놓으며 마침내 잠이 든다.

지금의 나는 이 해 질 녘 하늘일까?

─ 많이 기다리셨지요.
하면서 고양이 아저씨가 테이블에
검은 스콘을 내려놓았다.
솜사탕처럼
몽실몽실한 소프트크림이
곁들여 있었다.

'숨은 달 스콘'입니다.
오늘처럼 달빛이 없는 밤에는,
별 조각을 품은 스콘을 드셔야지요.
쌉싸래한·초콜릿 소스와
구름 소프트크림의 조화가 압권이랍니다.

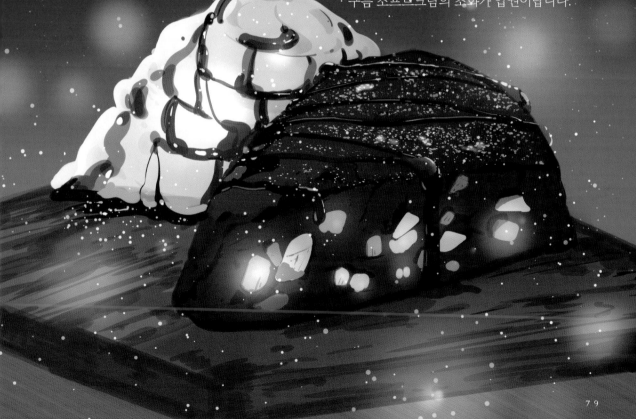

맛있겠네요, 하면서 내가 빙그레 웃자,
고양이 아저씨가 다시 말했다.
우리 가게의 자랑인 '달빛 블렌드' 커피도 함께……

하얀 커피잔에 커피를 따른다.
칠흑처럼 까만 표면에, 둥그런 달이 어렸다.
나는 조금 놀라서, 눈을 반짝 떴다.
밤하늘에 없는 달이
커피에 비쳐서가 아니다.
내게 커피를 주어서다.

겨울

"손님에게 커피를 잘 주지 않는 가게 아니었나요?"
장난스럽게 말하면서 웃자,
고양이 아저씨는, 오호, 하며 내 얼굴을 들여다보았다.

기억하고 있나요?
그럼요, 하고 나는 고개를 끄덕였다.

사실은, 지금 막 기억났다.
이 '보름달 카페'에는 세 번째 오는 것이다.
그런데도, 조금 전까지 기억나지 않았다.

처음은,
어린 시절에 무척이나 좋아했던 오빠에게 여자 친구가 생겨서,
충격받았던 날이었다.
그때 먹은 '보름달 핫케이크'는
정말 맛있었다.
숨을 헉헉거리며 나를 찾으러 와 준 오빠를 보고
나는 감격했었다.
그때 나는, 오빠를 좋아하지만
절대 폐는 끼치지 말자고 다짐했다.

그 후에는, 한동안 방황했다.

나는 오직 한 사람,

오빠의 눈길을 끌고 싶었다.

'그러기 위해 별처럼 빛나는 존재가 되려고' 연예계에 발을 들여놓았다.

아이돌로 활동하기가 벅차고 힘들었지만,

즐겁기도 했다. 그래서,

그룹에서 탈퇴해야 했을 때는,

내 절반이 잘려 나간 듯한 기분이었다.

그런데 이 카페에서 '반달 와플'을 먹고,

나를 되찾았다.

고양이 아저씨에게 정말 고마웠다는 말을 하고 싶다.

그 후, 나는 미용에 관심이 있다는 걸 깨달았다.

그 공부를 열심히 해보자는 생각으로 학교에 들어갔다.

그다음 미용사로 활동하기 시작했다.

처음 커트를 담당하게 되었을 때,

나는 마음을 굳히고 오빠를 불러, 내 사랑을 고백했다.

그때 오빠 표정은, 지금도 똑똑히 기억하고 있다.

긴장하면서도, 저렇게 가는 눈을 저렇게 크게 뜨다니, 하고 생각했다.

나는 대답을 기다리지 않고 그 자리를 피했지만, 그리고 얼마 지나……,

"그가 프러포즈를 했어요."

프러포즈의 말은 부끄러워서 밝힐 수 없다.
너의 있는 그대로가 좋다.
하지만, 앞으로 계속 함께 살아갈 수 있다면 더 좋겠다, 하고 말해 주었다.

그때 그는 고향에 내려가 부모님의 음식점을 운영하는 한편,
건축 디자인 일도 하고 있었다.
가게를 조금 넓혀서, 옆에다 미용실을 차렸다.
나도 미용사 일을 하면서, 가게 일을 도왔다.
둘이 가게를 꾸려나가는 동안,
여러 시련이 있었지만, 정말 행복한 나날이었다.

"그런데, 그 사람, 거짓말쟁이였어요.
'앞으로 계속 함께 살아갈 수 있다면'이라고 했으면서……."

나는 턱을 괴고, 조용히 숨을 내쉰다.
눈물샘이 다 마를 만큼 울었다고 여겼는데,
또 눈물이 핑 돌았다.

손수건으로 눈물을 닦고
천천히 포크를 들었다.
'숨은 달 스콘'을 한 입 먹었다.
바삭하면서도 향기롭게 녹아든다.
괴롭고 울적한 마음에
쌉싸름한 맛이 스민다.
나는 또 이 카페의
디저트에 힘을 얻는다.

그다음, 커피를 한 모금 마신다.
설탕도 크림도 넣지 않았는데,
약간 쓸쓸하던 커피에서
황홀하리만큼 단맛이 느껴졌다.

......맛있어요.
과연, 카페의 커피네요.

그렇게 말하자, 고양이 아저씨가 후훗, 웃었다.
인생의 쓴맛 단맛을 다 겪은
어른만이 알 수 있는 맛이지요.

고양이 아저씨는
아아, 하더니 무언가를 알아차린 것처럼
귀를 피끗 움직였다.

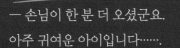

— 손님이 한 분 더 오셨군요.
아주 귀여운 아이입니다……

고양이 아저씨는 그렇게 말하고서,
가게로 돌아갔다.

얼굴을 들어보니,
초등학생쯤 되어 보이는 여자아이가
주뼛주뼛 걸어오고 있었다.
손에 똑딱이 지갑을 꼭 쥐고 있다.

겨울

나는 문득, 커피잔으로 시선을 떨어뜨렸다.
지금도 커피에는 둥그런 달이 떠 있다.
저 아이가 보는 밤하늘에도
이런 보름달이 떠 있을까?

저 아이는 카운터 앞으로 다가가,
커피 한 잔 주세요, 하고 주문하리라.

나는 웃으면서,
그 아이에게
"커피를 마시기에는 좀 이른 나이네."
하고 말하리라.

그녀에게 이 말은 꼭 하기로 한다.
자기 마음을 소중하게 여기도록 해요.

나는 커피를 마시면서,
소녀의 뒷모습을 쳐다보고,
잔잔히 미소 지었다.

후기

지친 사람들에게만 찾아오는 야외 카페, 보름달 카페가 탄생한 계기는 '사물을 그리는 연습'이었습니다. 신카이 마코토 감독을 본받고 싶어서, 하늘과 바다 등의 풍경을 중심으로 일러스트를 그렸는데, 다른 것은 잘 그리지 못해서 이대로 가면 일러스트레이터로 활동하기에 입지가 좁아지겠다는 생각에 사물을 그리는 연습을 시작했던 것이지요.

컵, 병, 악기, 식물, 가방, 옷, 신발…… 지금까지 잘 그리지 않았던 소품을 대상으로 연습했어요. 그리고 원래부터 좋아했던 천체와 날씨를 더해서 '하늘색 사이다', '별빛 블렌드' 등의 메뉴가 태어났습니다.

그 얼마 전에, 커다란 고양이 아저씨가 운영하는 바다에 뜬 푸드 트럭 그림을 그렸는데요. 이 가게에서 이런 메뉴를 선보이면 좋겠다는 생각으로, 지친 사람들에게만 찾아오는 푸드 트럭, 보름달 카페가 문을 열게 되었습니다.

아, 그리고 '보름달 카페'라는 이름은 아내 생각이었어요. 내 그림을 보고서 불쑥 던진 말을 사용하게 된 것이죠(아내 자신은 그 일을 기억하지 못한다고 합니다).

보름달 카페의 제1호 메뉴 '갖가지 하늘색' 사이다

파란 하늘   별 하늘   저녁 하늘

SNS를 통해서 정말 많은 분들이 보름달 카페 일러스트를 사랑해 주셨습니다. 메뉴를 실제로 만들어 보았다는 분도 계셨어요. 지금까지와는 다른 형태로 일러스트를 즐겨 주셔서 무척 기뻤습니다.

2019년에는 무대에도 올랐고, 카페와 콜라보행사도 개최했습니다. 그러던 중에 소설가 모치즈키 마이 선생님을 만나, 2020년에는 문고본을 출판, 그리고 이번에 일러스트 스토리집을 출판하기에 이르렀습니다.

작가로 책을 출판한다는 것은, 제게 크나큰 꿈이었습니다. 다만 순서가 돌아오지 않을 것이라 여겼기 때문에 이런 기회가 생겨 정말 기뻤습니다. 소설에 이어서 멋진 스토리를 만들어주신 모치즈키 선생님은 물론, 저의 여러 의견을 귀담아 들어주신 카도카와 출판사의 담당 편집자 스토 씨, 제작을 위해 출근 일자를 조정해 주신 회사의 상사, 작업을 도와준 만화가 아내, 그리고 무엇보다 평소 SNS에서 제 계정을 팔로우하시고, 하트와 리그램으로 성원해 주신 팬 여러분, 여러분의 스마트폰 터치로 저는 꿈을 이룰 수 있었습니다. 감사합니다!

보름달 카페, 아직 그리고 싶은 일러스트, 추진하고 싶은 기획이 많습니다. 앞으로도 지켜봐 주시면 고맙겠습니다! 아무쪼록 지친 그대에게 닿을 수 있기를.

사쿠라다 치히로

제일 처음 투고한 보름달 카페 일러스트.
'사무실에서 빠져나와'라는 제목으로 투고했습니다.

보 름 달 카 페

초판 1쇄 인쇄	2021년 7월 26일
초판 1쇄 발행	2021년 8월 9일

일러스트	사쿠라다 치히로
글	모치즈키 마이
옮긴이	김난주

펴낸곳	도서출판 멜론
펴낸이	김태광
편집	멜론 편집부
디자인	노은하

출판등록	2007년 5월 23일 제2013-000334호
주소	서울 마포구 잔다리로 47 B1층 (서교동 373-3)
전화	02-323-4762
팩스	02-323-4764
이메일	mellonml@naver.com
인스타그램	@mellonbooks

ISBN	979-11-89004-42-2 03830

책값은 뒤표지에 있습니다.
잘못된 책은 구입하신 곳에서 바꿔드립니다.